Cortesia do cartaz Ciné-Image, Paris.
Página 55: *La ruée vers l'or*, cartaz francês não assinado, coleção Ciné-Image, Paris.
"Histoire d'un film" ["História de um filme"]: texto de Sophie Bordet
Concepção gráfica: Studio Bayard Éditions Jeunesse
História original de *La ruée vers l'or* [Em busca do ouro] © Roy Export Company Establishment; fotos dos filmes de Chaplin filmados a partir de 1918 © Roy Export Company Establishment. Charles Chaplin e o personagem de Carlitos são marcas registradas de Bubbles Inc SA e de Roy Export Company Establishment.

© Edição original: MK2 AS / Bayard Éditions 2007
© 2009 Martins Editora Livraria Ltda., São Paulo, para a presente edição.

Publisher	*Evandro Mendonça Martins Fontes*
Coordenação editorial	*Patrícia Rosseto*
Produção editorial	*Luciane Helena Gomide*
Produção gráfica	*Sidnei Simonelli*
Diagramação	*Casa de Idéias*
Preparação	*Angela das Neves*
Revisão	*Carolina Hidalgo Castelani*
Revisão gráfica	*Dinarte Zorzanelli da Silva*

Dados Internacionais de Catalogação na Publicação (CIP)
(Câmara Brasileira do Livro, SP, Brasil)

Gillot, Laurence
   Em busca do ouro / texto de Laurence Gillot; ilustrações de Oliver Balez; tradução de Estela dos Santos Abreu. – São Paulo: Martins, 2009. – (Infantis e juvenis)

   Título original: La ruée vers l'or.
   ISBN 978-85-61635-15-2

   1. Ficção - Literatura infanto-juvenil I. Balez, Olivier. II. Título. III. Série.

09-00862   CDD-028.5

Índices para catálogo sistemático:
1. Ficção - Literatura Infantil   028.5
2. Ficção - Literatura infanto-juvenil   028.5

Todos os direitos desta edição reservados à
Martins Editora Livraria Ltda.
R. Prof. Laerte Ramos de Carvalho, 163
01325-030 São Paulo SP Brasil
Tel.: (11) 3116.0000 Fax: (11) 3115.1072
info@martinseditora.com.br
www.martinseditora.com.br

1ª edição Março de 2009 | **Fonte** Latienne
Papel MediaPrint Silk 115 g/m² | **Impressão e acabamento** Corprint

EM BUSCA DO OURO

Texto de Laurence Gillot
Ilustrações de Olivier Balez

Tradução
Estela dos Santos Abreu

martins
Martins Fontes

4

Há muitos anos, no Alasca, bem lá no alto do globo, havia minas de ouro e, é claro, exploradores de ouro. Cobertos com agasalhos forrados de peles, eles exploravam as montanhas em busca das pepitas que os tornariam ricos. Carlitos era um deles.

Carlitos não se parecia com os outros exploradores de ouro do Grande Norte.

Não se parecia nem um pouco com eles. Viajava sozinho, girando a bengala ao redor do braço: uma volta pra lá, uma volta pra cá.

A estrada que leva à fortuna é longa e difícil. É preciso andar por muito tempo no frio e na neve. Carlitos é um homenzinho tranqüilo, que segue seu caminho sem pressa.

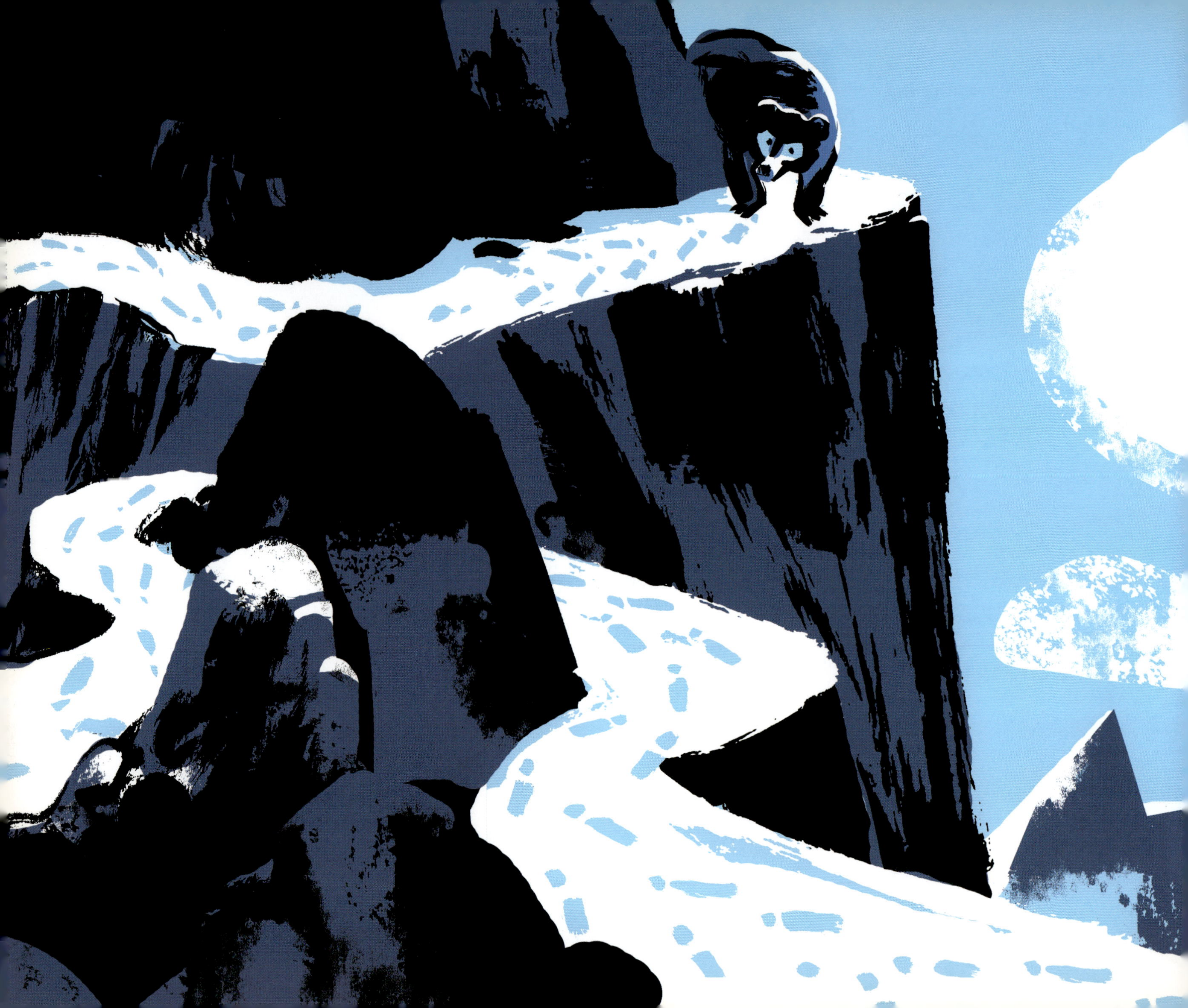

E quando o caminho diante dele se estreita, Carlitos não se impressiona. Não se amedronta nem sente tontura. Sente-se até contente de estar naquele lugar:

– Como é bonito isto aqui! – exclama. – Muito, muito bom...

Pumba! Sua perna resvala para o lado do abismo. Ele vai cair... Mas, rápido, ele gira a bengala. Um, dois, três, e upa! consegue se reequilibrar! E retoma o seu caminho, como se nada tivesse acontecido, sem perceber... que um urso-cinzento vem atrás dele! Carlitos chega ao alto da montanha.

O vento sopra forte; é grande o nevoeiro. Mas o nosso explorador de ouro não desanima. Nunca! Corajoso, continua a caminhar. Vê ao longe, apesar da neblina, uma cabana de madeira.

– Ah! Vou conseguir descansar um pouco! – pensa, contente.

Enfim, protegido do frio, Carlitos se espreguiça muito feliz:

– Hum! Como está bom aqui!

É claro que não é comum encontrar um forno quentinho numa casa abandonada em plena montanha; mas Carlitos não acha estranho. Ele se instala. E até encontra um osso bem grande em cima de uma prateleira. Que sorte!

Com uma das mãos, ele pega o osso e começa a roer. Com a outra, faz agrados no cão que está lá. Carlitos não estranha a presença do cão.

– Olá, bom dia, amigo cachorro! – diz ele.

Mas, de repente, entra um homem na cabana. Armado com um fuzil! O nome dele é Black Larson. É um bandido.
– Dê o fora! – ordena ele.
Carlitos se levanta. Está surpreso, é verdade, mas não com medo.
– Dê o fora! – repete Black Larson, abrindo a porta e deixando entrar o vento na casa.
Carlitos não é de briga. Este senhor quer que ele saia? Então, ele vai sair! Pega a bengala, o chapéu e diz educadamente: – Adeus!

Só que a lufada de vento é tão violenta que empurra Carlitos para dentro!

– Fo-ra! – diz Black Larson.

Carlitos não está fazendo corpo mole: corre para chegar à saída, porém a ventania está contra ele! Não deixa que ele dê um passo.

Carlitos não consegue sair do lugar!

– Fora! – brada o bandido. – Já pra fora! Fora!

Neste instante, não muito longe de lá, o vento está carregando a tenda de um simpático explorador de ouro chamado Big Jim. Ele acaba de encontrar uma mina!

Mas chegou o mau tempo, e Big Jim teve de largar tudo para ir atrás de sua tenda e das estacas. Big Jim corre, corre.
As rajadas o empurram para a cabana.
Big Jim entra na casa e dá um encontrão em Carlitos, que estava tentando sair.
– Desculpe-me! – diz Carlitos.
Esse é o jeito de Carlitos: bem-educado em qualquer circunstância!
A fúria do vento ainda aumenta, e Big Jim atravessa a cabana, arrastando com ele Carlitos e Black Larson!
Então todos acabam do lado de fora!

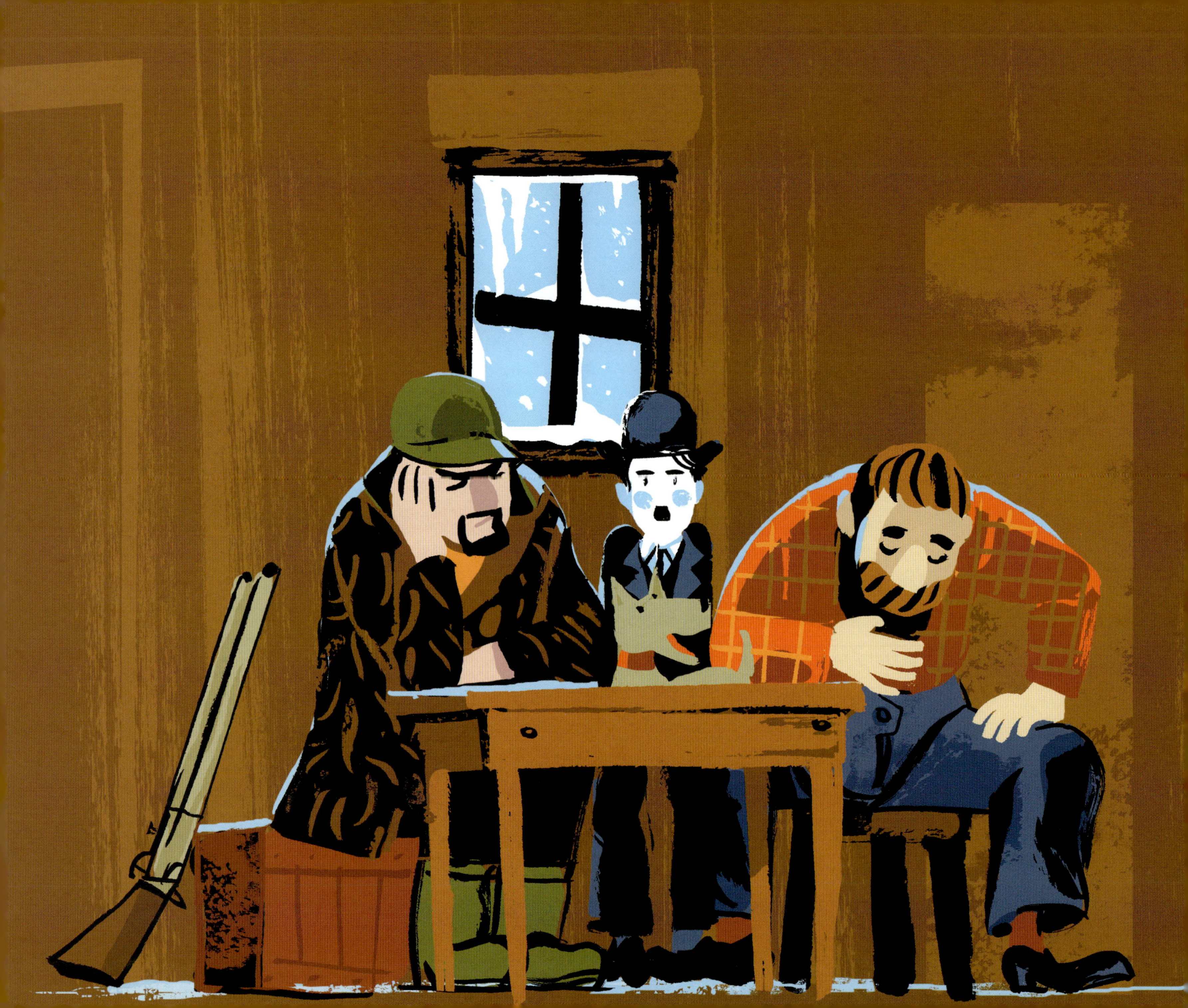

A tempestade chega com toda a força. É muito perigoso ficar sem um teto. Big Jim, Black Larson, Carlitos e o cão são obrigados a ficar juntos.
Isso dura dias e dias...
O vento assobia, a cabana range e os estômagos roncam...
– Comer! Eu quero comida! – grita Big Jim, que não suporta ficar de barriga vazia.
Decidem então sortear quem vai buscar o que comer. E a sorte cai em Black Larson.
– Vá depressa! – ordena Big Jim. – Traga presunto, batatas e um bom vinho!

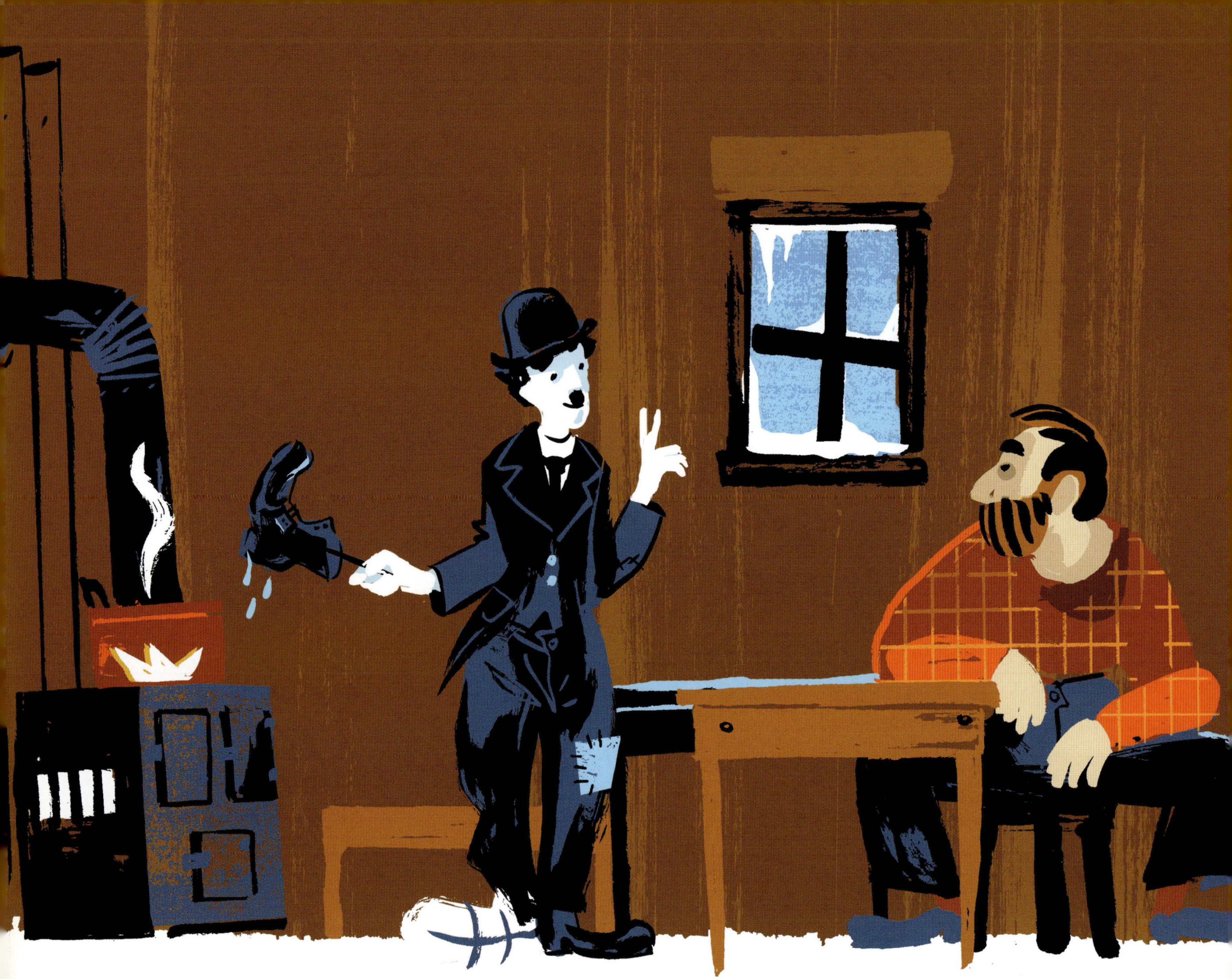

Big Jim e Carlitos ficam à espera de Black Larson. Esperam, esperam... Estão cansados de esperar. Certo dia Carlitos anuncia:

– Vou preparar uma refeição leve!

Os olhos de Big Jim se iluminam:

– Ah, é? E com o quê?

– É uma receita meio especial! – explica Carlitos, que começa a tirar um dos sapatos...

Fazendo mistério, ele se põe diante do fogão e assobia.

Big Jim se irrita:

– Mas, afinal, o que você está fazendo?

O cozinheiro não perde a calma:

– Só mais uns minutinhos! Ainda não está bem cozido!

– Vamos logo com isso! – diz Big Jim. – Estou com fome!

– Pronto! Já está pronto! – garante Carlitos, escorrendo a água da panela... onde está o seu sapato de couro!

Enfim, a refeição ficou pronta e Carlitos serve os dois pratos. Depois, amarra um guardanapo em volta do pescoço e começa a chupar os botões, como se fossem espinhas de peixe. Em seguida, ele corta o couro e mastiga com apetite, limpando de vez em quando o canto dos lábios num gesto elegante.

– Excelente! – exclama. – É uma delícia!

Big Jim olha para ele, assustado, antes de imitá-lo.

No dia seguinte, Big Jim está nervoso. A fome o deixa louco, completamente louco.

– Estou com fome! – grita ele. – Estou com fome!

– O que você acha de uma sopa de sapato? – propõe Carlitos. – Ainda tenho um!

– Não! Detesto sapatos! – berra Big Jim.

Enquanto Carlitos se aquece perto do fogão, Big Jim de repente arregala os olhos.

O que ele vê não é normal. Nem um pouco normal! Em lugar do amigo, ele vê… um frango! Um frango bem gordo! Um frango enooorme.

Big Jim esfrega os olhos com força e começa a rir:

– Ai, ai, ai! Estou delirando! Achei que você fosse uma ave! – explica ele.

Mas as alucinações se repetem… A fome o tortura.

É isso, Carlitos é um frango que bamboleia na frente dele e que parece muito saboroso. Tão saboroso que Big Jim pega a espingarda e…

Agora, Carlitos fica atento. Deitado na cama, com a espingarda escondida ao seu lado, ele não dorme. Não prega o olho, pois ele vigia Big Jim. E está certo, porque Big Jim quer atacá-lo de novo! Big Jim ficou maluco!

Os dois homens se atracam, e Big Jim consegue pegar a arma.

E, nesse exato momento, um urso chega na casa! Incrível!

Apavorado, Big Jim larga a espingarda e foge.

Carlitos, que não está vendo nada, agarra a pata do urso e pensa que é a perna do seu adversário.

O urso rosna.

Então Carlitos percebe o que está acontecendo. Pega meio sem querer a carabina e com um tiro, apenas um, pam! Mata o animal!

Depois de fazerem vários banquetes e a tempestade passar, Big Jim e Carlitos se separam. Big Jim volta para a sua mina de ouro, e Carlitos continua o seu caminho.
Dias depois, ele chega calmamente a uma cidadezinha. Com vontade de encontrar gente, vai até o *saloon*. Um paraíso para Carlitos, que acaba de viver dias difíceis! Lá não faz frio, as pessoas dançam, conversam; há música e animação. No bar, está Geórgia. Carlitos logo presta atenção na moça.
Geórgia é uma moreninha linda, que dança todas as noites no *saloon*.
É a sua profissão.
Neste momento, ela está olhando uns retratos que tirou com as colegas. De repente, um homem se aproxima. É Jack. Num gesto rápido, ele pega uma das fotos.
Geórgia não está de acordo! Ela quer de volta o que é seu. Eles brigam, e a fotografia amassada cai no chão. Discretamente, Carlitos apanha a foto e guarda no bolso do paletó, no bolso esquerdo, o do coração.
Mandou bem, Carlitos!

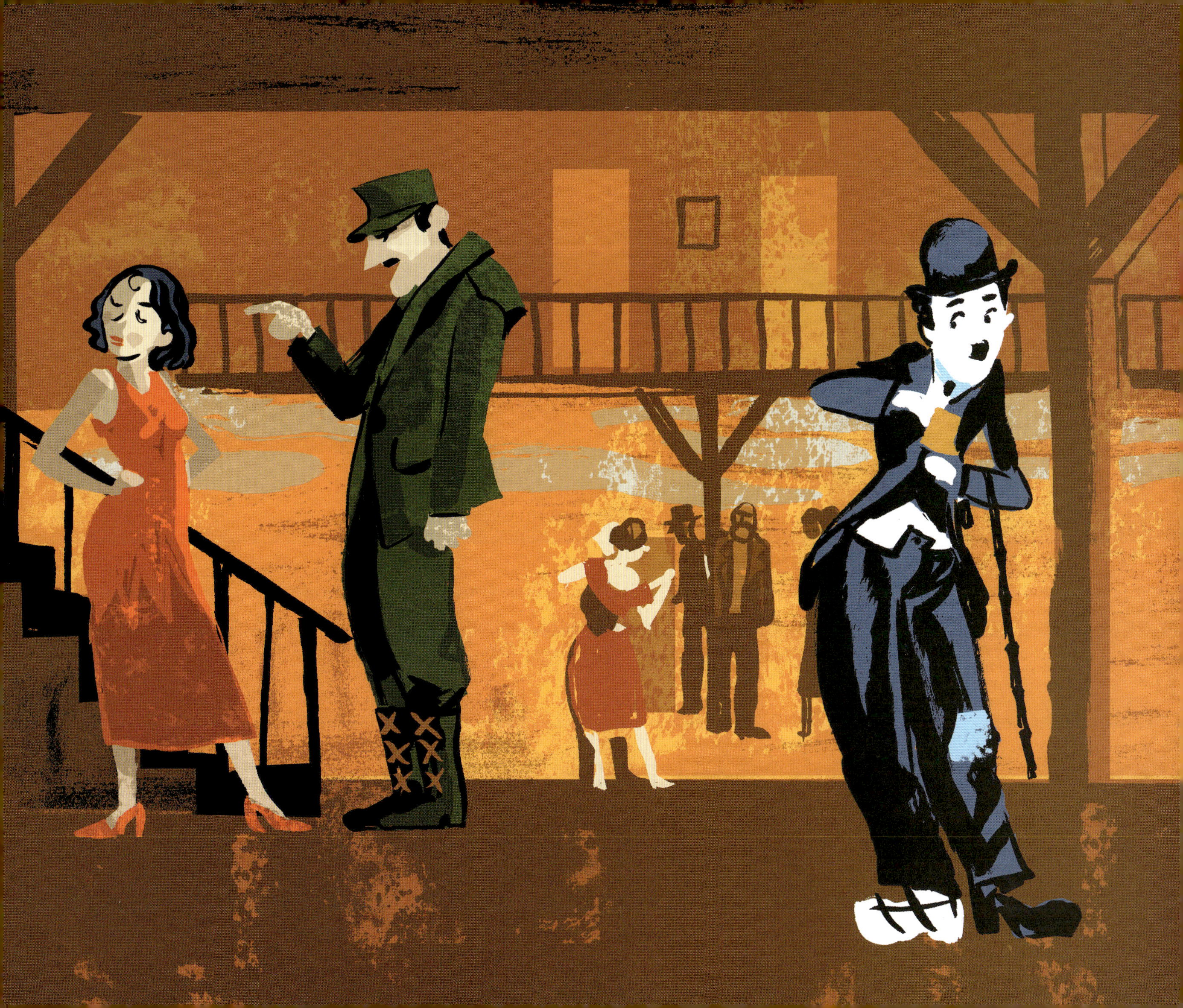

Não muito longe da cidadezinha, Carlitos conseguiu encontrar outra cabana. Resolveu descansar um pouco lá antes de sair para procurar ouro na montanha.
Um dia, estava muito tranqüilo em casa quando ouviu um barulho lá fora. Abriu a porta e, paf! Recebeu uma bola de neve na cara!
Essa é boa! Era Geórgia e as colegas que se divertiam!

Carlitos as convidou a entrar para se aquecerem. Foi buscar lenha para acender o fogão. Enquanto isso, Geórgia sentou-se na cama de Carlitos e encontrou embaixo do travesseiro... a sua foto! Essa não! É o retrato que, dias antes, Jack tinha amarrotado.
Ela não resiste! Mostra seu achado às amigas, e as quatro caçoam do coitado: será que ele está apaixonado?

Quando Carlitos volta, acende um fogo reconfortante. Geórgia faz de conta que está interessada nele, mas é de gozação. Carlitos fica contente: a sua Geórgia está ali, ele pode vê-la, sentir seu perfume... Isso basta para ele.
Ele está feliz. Até que chega a hora de irem embora.
– Quando nos encontramos de novo? – pergunta uma das moças, zombando.
– Vamos combinar para a passagem do Ano-Novo! – propõe Geórgia.

Assim que saem, Carlitos atira o travesseiro furado para o alto. Milhares de penas voam pela cabana. Beleza! Carlitos está feliz da vida, pula e dança, com os cabelos cheios de penas... De repente, toc-toc, alguém bate à porta.
É Geórgia, que esqueceu as luvas.
– Elas... estão aqui – balbucia Carlitos.

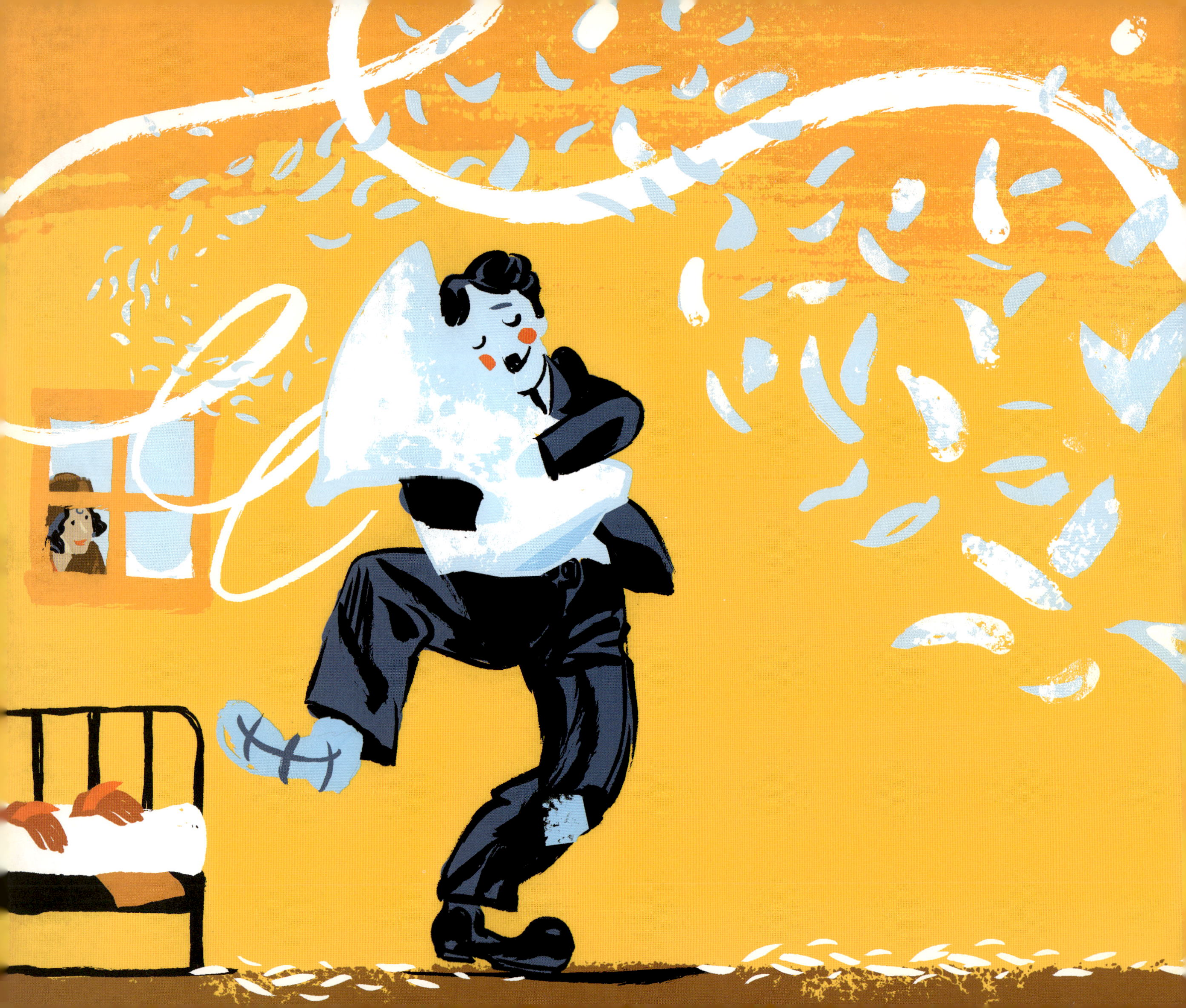

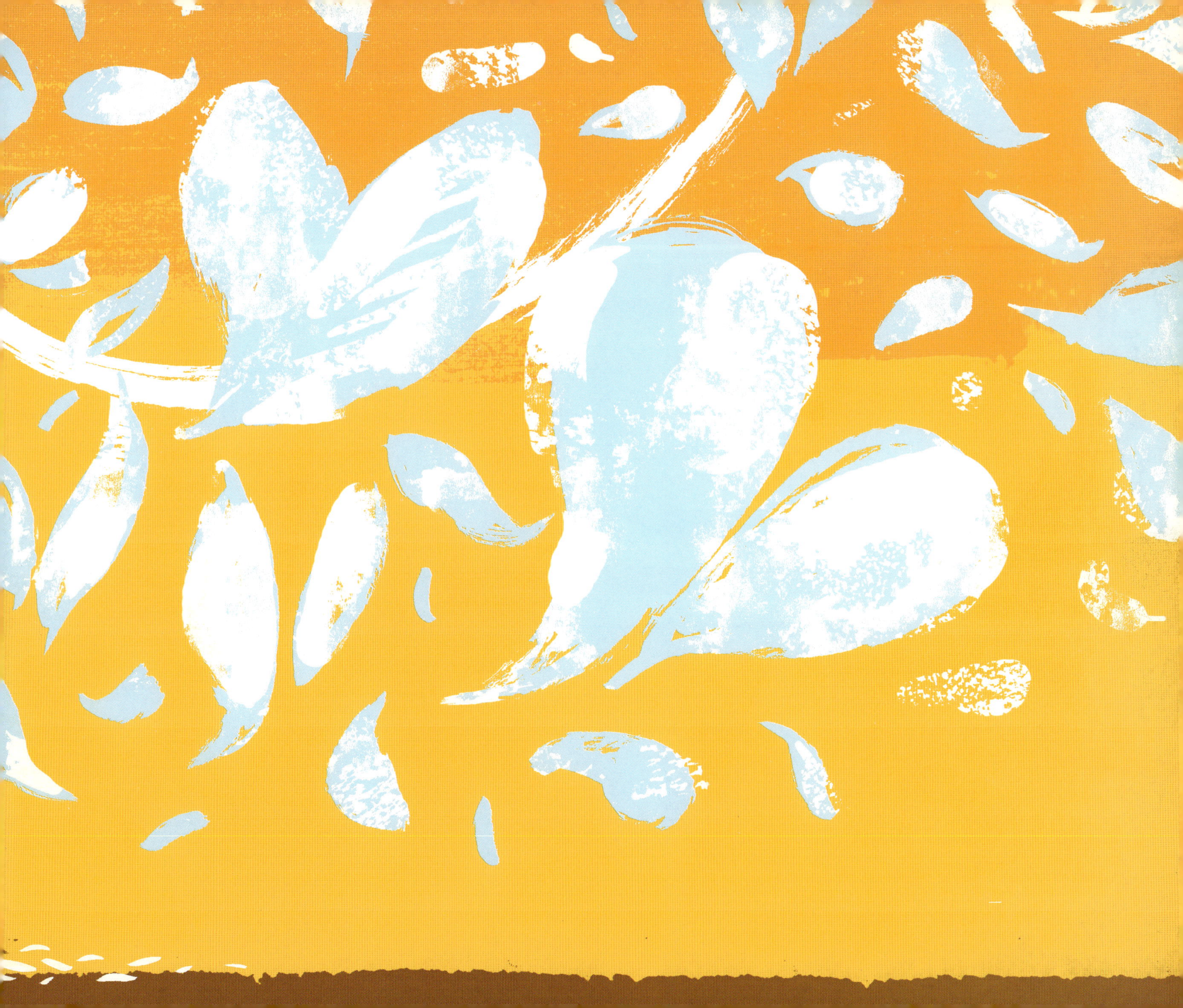

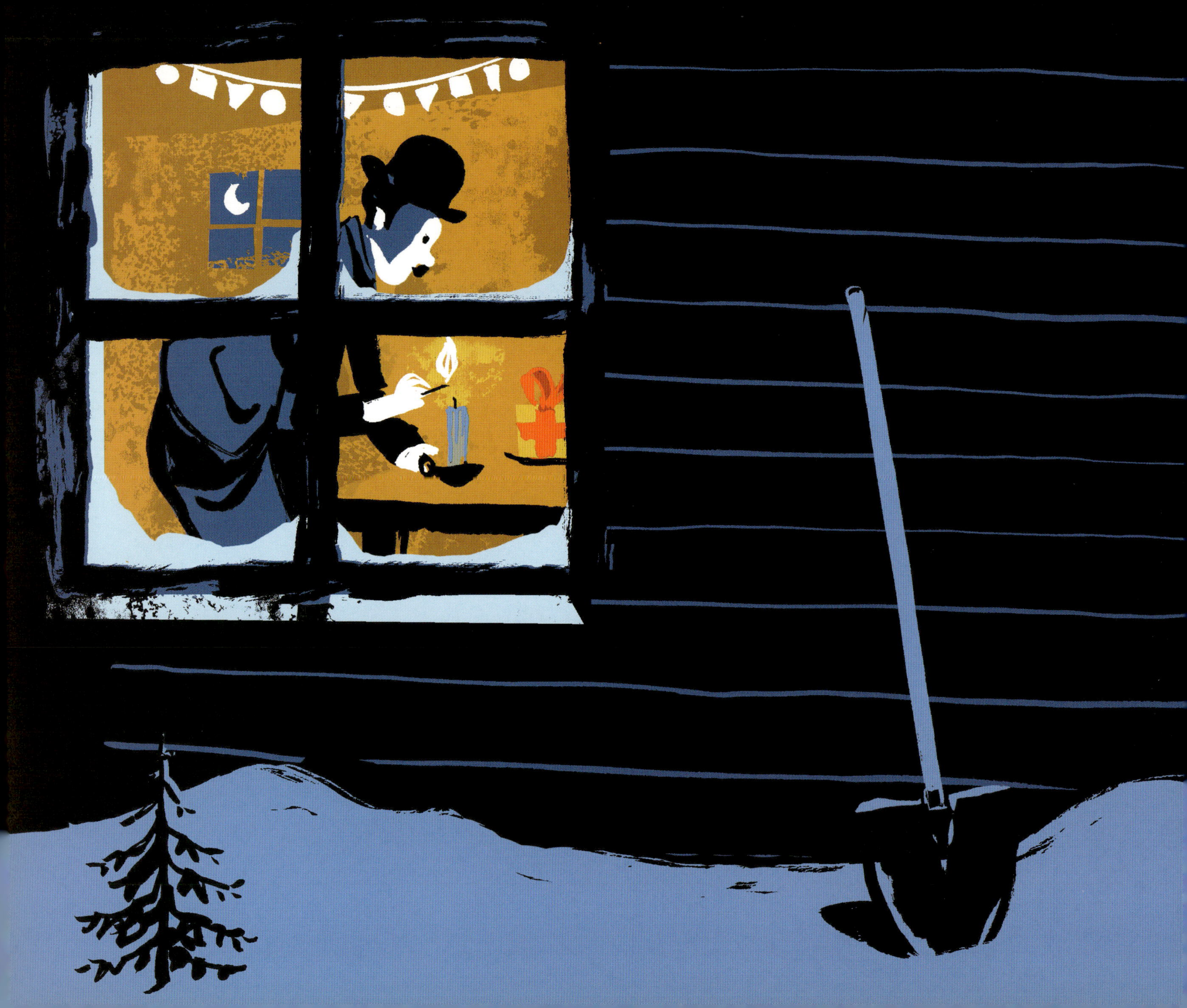

Carlitos é pobre, mas quer oferecer um belo *réveillon* a suas amigas. Por isso, vai retirar a neve da frente das casas para ganhar dinheiro.

Na véspera do Ano-Novo, tudo está pronto.

Carlitos enfeitou a cabana com guirlandas de papel. Acendeu velas. Colocou presentes sobre os pratos e assou um pernil.

Pronto! Elas chegam, sempre rindo, abrem os pacotes e beijam Carlitos. Geórgia é tão carinhosa com ele! Dá-lhe beijinhos, segura a mão dele. Carlitos está nas nuvens, muito feliz. Falam, falam sem parar...

O ambiente é alegre.

– Discurso! Discurso! – pede uma das moças.

Carlitos está sem jeito.

– Discurso não, porque não sei falar direito – balbucia ele.

Carlitos é tão tímido!

– Mas um espetáculo, sim! Isso eu posso fazer! – propõe, com modéstia.

As quatro amigas batem palmas, entusiasmadas.

Carlitos espeta então dois garfos em dois pãezinhos e começa a cantarolar uma música imitando os passos de uma bailarina: *entrechats*, saltos elegantes, *grands écarts*...

A apresentação é formidável; Carlitos é brilhante.

As convidadas aplaudem e...

Carlitos acorda...

Está sozinho.

Elas não vieram. Tudo está na mesma: os presentes continuam sobre os pratos, os guardanapos dentro dos copos. Só as velas derreteram. Carlitos boceja e estica o corpo:

– Devo ter dormido muito tempo!

Ele se levanta e abre a porta. É meia-noite em ponto. Ao longe, sobem da cidade cantos e risos. Ele pega a bengala e o chapéu e vai até o *saloon*.

Enquanto isso, Geórgia se lembra da vaga promessa que ela e as colegas fizeram ao homenzinho que vive sozinho na cabana lá no alto.
– Vamos até lá! – propõe ela, num tom malicioso.
– Eu vou com vocês! – diz Jack. – Vamos nos divertir!

Quando Carlitos chega ao *saloon*, fica olhando pela janela toda essa gente que se diverte e dança. Sente-se tão triste e também tão só! Procura ver sua Geórgia...

Ela não está lá.

Geórgia está na casa dele, mas ele não sabe.

Ela entrou sozinha na cabana e viu a mesa pronta para recebê-las.

Como ela se sentiu mal! Teve um aperto no coração, a garganta parece que tinha travado, ficou com muita pena: ele preparara tudo e ela não tinha vindo.
Os outros, impacientes, chegaram fazendo algazarra.
– Ele estava esperando por nós! Ha! Ha! – exclama uma das amigas de Geórgia.
– Vejam só a decoração! Ha! Ha! – diz Jack às gargalhadas.
Geórgia está com os olhos cheios de lágrimas:
– Parem com a gozação! – ela ordena. – Vamos embora!
– Ué! O que é que você tem? – pergunta Jack, admirado.
– Nada! – responde secamente Geórgia. – Nada...

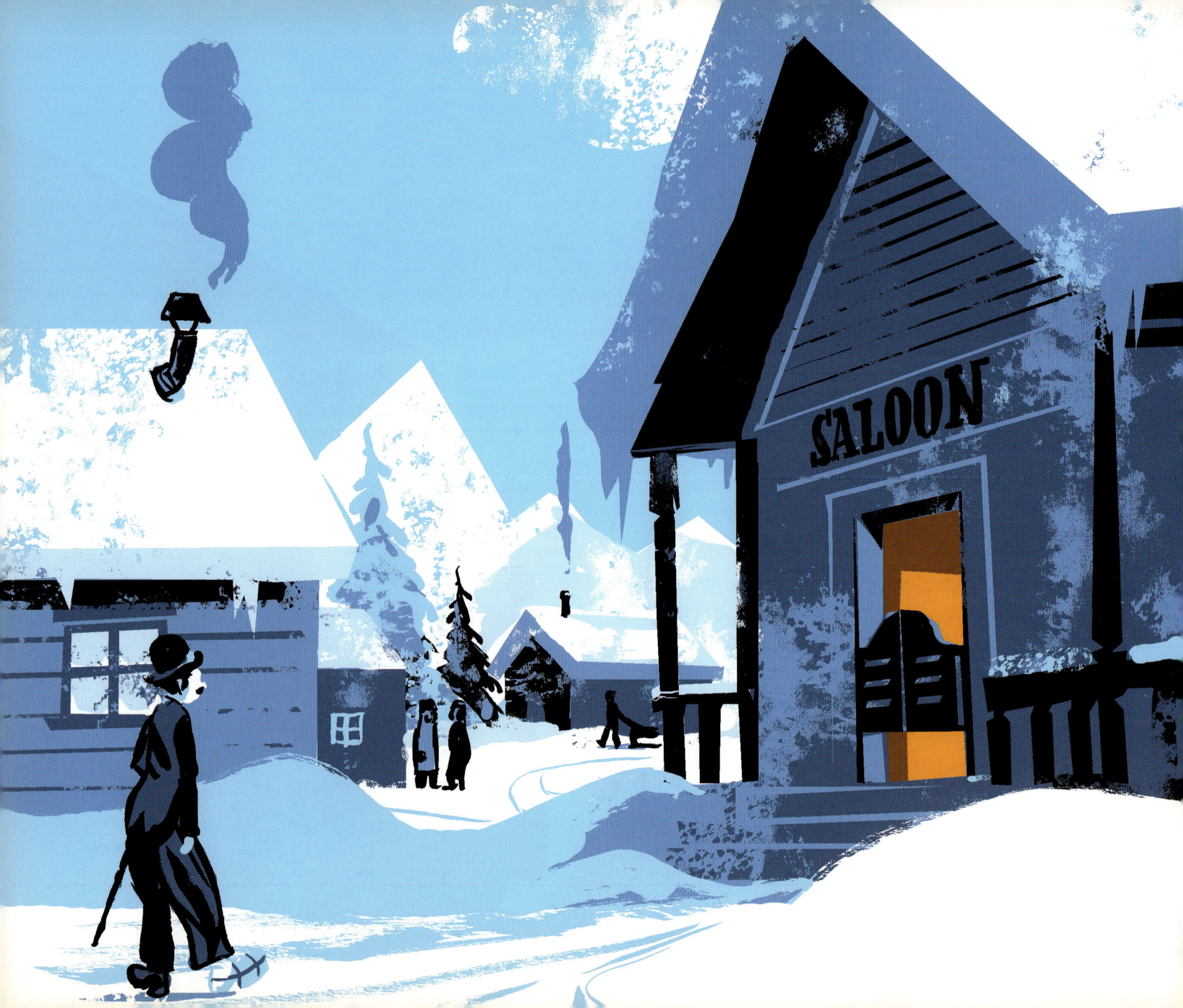
SALOON

Dias depois, Carlitos volta ao *saloon*. Jack está lá. Começa a infernizá-lo e lhe dá um empurrão. Faz de tudo para torná-lo ridículo, mas Carlitos nem liga: o *barman* acaba de lhe entregar um envelope:

– É uma carta para você!

O coração de Carlitos bate forte. Tum-tum-tum! É de Geórgia! Tum-tum-tum! E ele lê:

*« Desculpe-me
por não ter ido.
Depois lhe explico. Geórgia »*

De repente, Carlitos sente uma mão pesada sobre seu ombro.
É a de Big Jim, o explorador de ouro que, durante o seu delírio, achava que Carlitos era um frango.
– Ei, baixinho! – exclama Big Jim. – Que bom ver você! Imagine que encontrei Black Larson. O danado me deu uma paulada na cabeça, e perdi a memória. Que sorte ter encontrado você, ajude-me, por favor!

Mas Carlitos está longe. Ele acaricia o bilhete da bela Geórgia e só pensa nela.

– Ei! Está me ouvindo? – pergunta Big Jim. – Minha mina de ouro não fica longe da nossa cabana. Você vai me levar até lá já, já, porque esqueci onde é.

34

Carlitos é amável e prestativo. Retorna à montanha gelada junto com Big Jim. Direção: a maldita cabana. Desta vez, é claro, eles não chegam de mãos vazias. O trenó está carregado de bebidas, uma peça inteira de carne e muita comida.

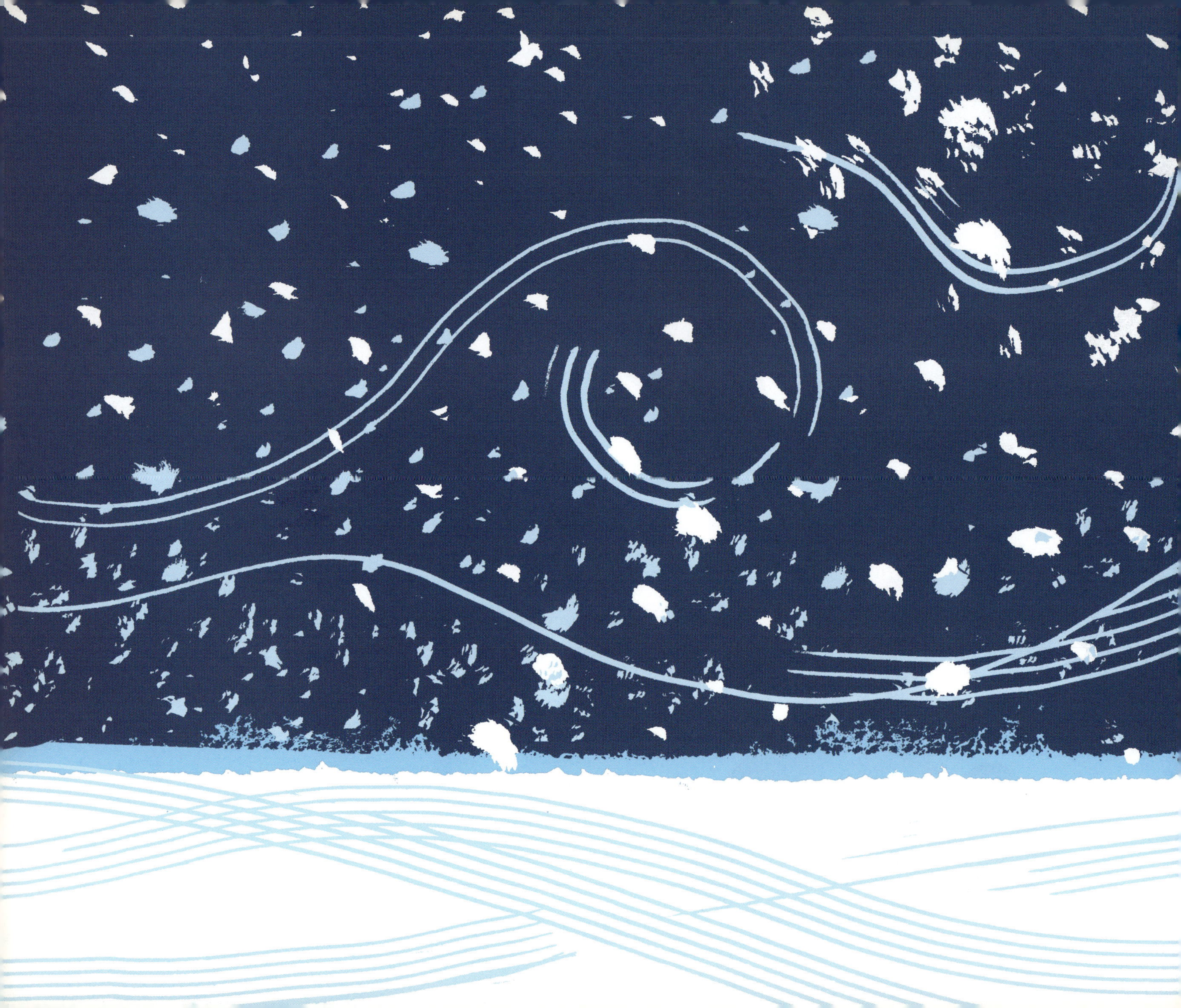

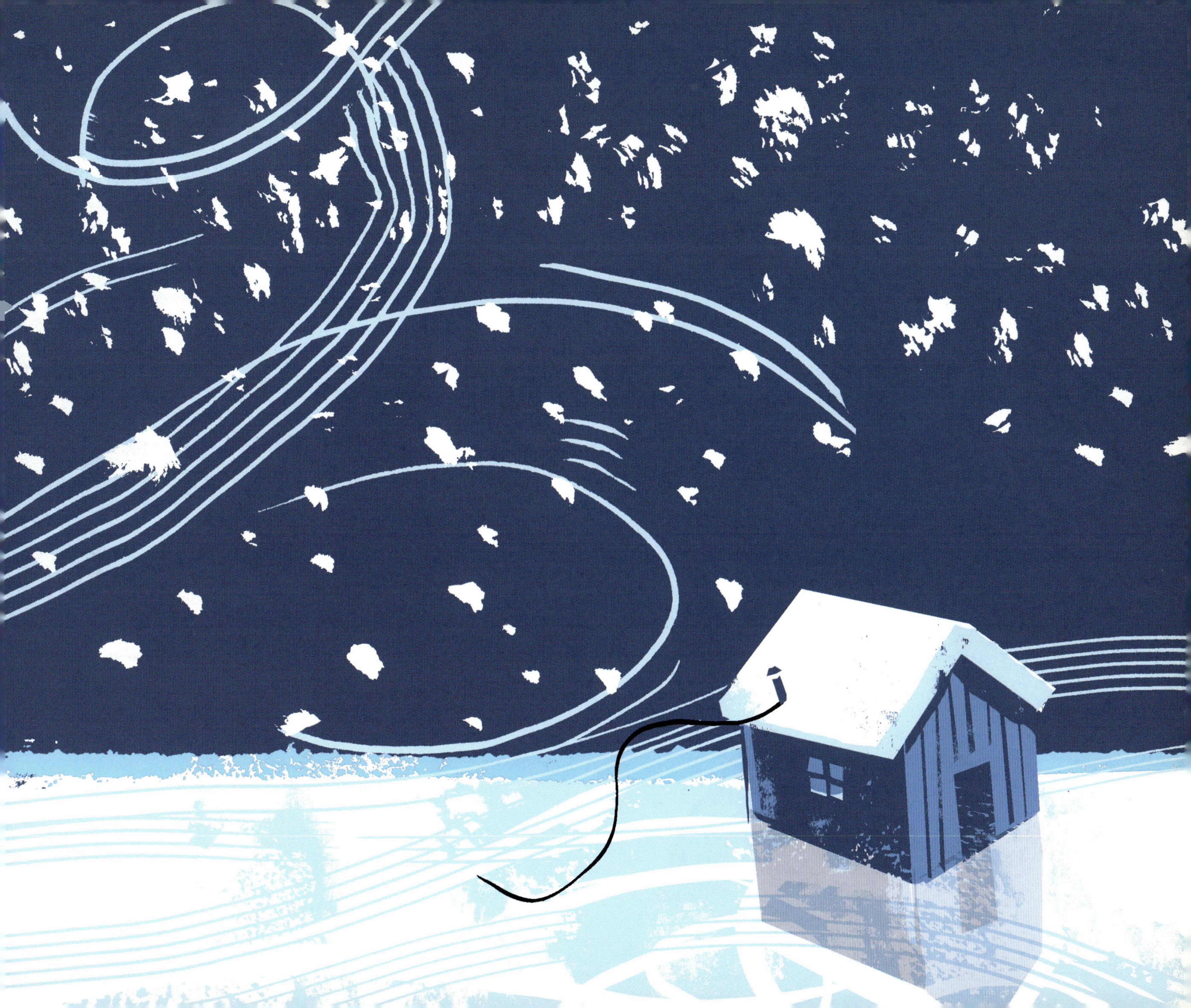

Mas na noite em que chegam lá, Carlitos exagera na bebida...
No dia seguinte, ao acordar, sente o estômago embrulhado. Ele geme:
– Parece que a casa está rodando!
É a ressaca!
Apesar do enjôo, começa a preparar o café-da-manhã.
Mas, cada vez que faz um movimento, tudo gira; é um horror.

Big Jim, que acordou depois, tem a mesma sensação.
– O que está havendo? – pergunta. – Já viu como está tudo balançando?
– Deve ser o fígado! – responde Carlitos.
Mas, quando Big Jim se levanta, não resta dúvida, a casa está mesmo se mexendo.
– Parece que falta alguma coisa embaixo! – arrisca Carlitos. – Vou lá fora ver o que é.

Ele empurra a porta, que se abre com toda a força... sobre o abismo!
Carlitos só tem tempo de se agarrar à maçaneta para não cair!
Balançando o corpo, ele consegue mover a porta e voltar para dentro.

– A tempestade arrastou a cabana durante a noite! – Carlitos declara com calma. – Temos de sair pela porta dos fundos.
Só que a cabana está cada vez mais inclinada... Está tão inclinada que os dois amigos mal conseguem chegar à outra porta!
É Big Jim quem consegue sair primeiro. E... que surpresa! Ele encontra a mina de ouro que havia perdido!

A casa, presa por uma corda, está quase caindo no abismo. Big Jim, muito feliz, se ajoelha na neve. Ele está rico! Rico!!!

– Ei! – grita Carlitos, ainda na cabana. – Ei! Não me deixe aqui!

Big Jim dá um pulo. Joga uma corda para Carlitos, que consegue saltar para o chão no instante em que a casa despenca no precipício.

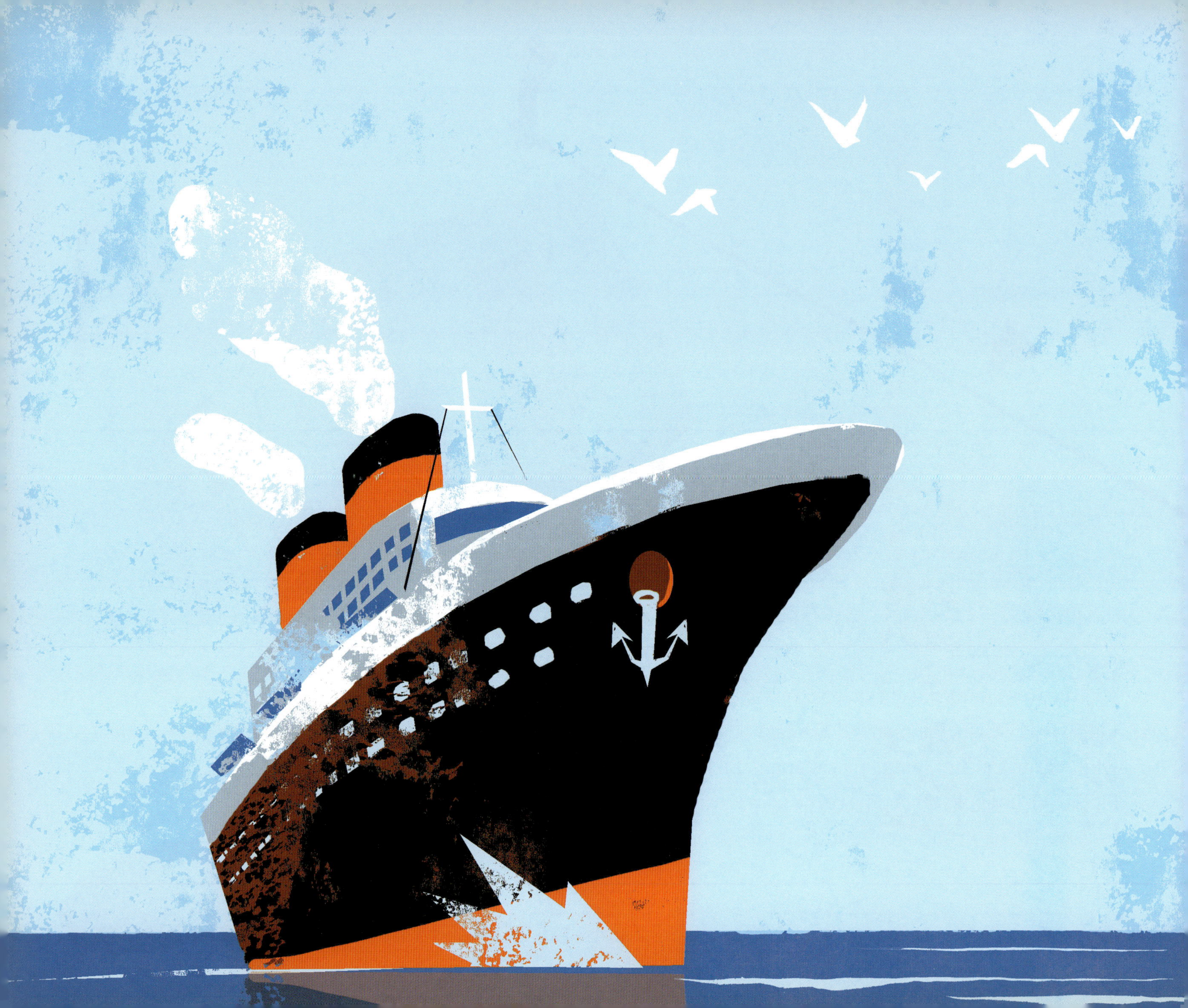

Agora os dois parceiros estão ricos. É isso mesmo, Big Jim e Carlitos são milionários! No navio que os leva para o sul, estão bem vestidos, fumam enormes charutos e têm uma cabine de luxo.

Os jornalistas lá estão.

– Gostaríamos – diz um deles a Carlitos – de tirar uma última foto sua, vestido de pobre.

Carlitos não se faz de rogado. Leva tudo numa boa. É o jeito dele!

Aceita vestir outra vez seus velhos trapos.

– Estou pronto! – avisa.

– A máquina está preparada – explica o repórter. Por favor, me acompanhe...

Carlitos é sempre muito amável e prestativo. Ele acompanha o jornalista.

Do lado de fora, Carlitos faz pose com sua bengala.
– Mais para trás! – diz o fotógrafo. – Um pouco mais para trás!
Sem desconfiar, Carlitos recua alguns passos e... despenca pela escada que estava atrás dele!
Ui, ui, ui!
No fim do tombo espetacular, ele cai sentado diante de...

... Geórgia !

Isso mesmo, Geórgia! A jovem resolveu sair do Alasca e abandonar Jack e o *saloon*.
Não agüentava mais a vida de dançarina.
– Você aqui! – ela exclama.
Depois, percebendo um guarda que se aproxima, ela cochicha:
– Estão à procura de um passageiro clandestino! É você, não é?

Sem esperar pela resposta de Carlitos, ela o empurra para dentro de um barril vazio.

O guarda, que percebeu a manobra de longe, vem logo exigir explicações de Carlitos.

– Vai ficar preso no fundo do porão! – ordena. – Não há perdão para clandestinos.

– Não! – intervém Geórgia. – Deixe-o em paz!

E, seguindo o seu coração, ela promete:

– Eu pago a passagem dele.

No mesmo instante, chega o fotógrafo junto com o comandante do navio e um grupo de pessoas importantes:

– Ah! aqui está o nosso milionário! Onde é que o senhor andava? – perguntam todos.

O guarda, atrapalhado, gagueja:

– Ó, per-per-dão, senhor, perdão! Confundi o senhor com outra pessoa.

Carlitos não leva a mal. Para ele, isso não tem importância.

E Geórgia não entende nada do que está acontecendo.

– Você... você é rico! – diz ela.
Carlitos olha para ela, faz trejeitos com o corpo e anuncia a todos:
– Esta é a minha convidada!

- Quem é esta senhora? - pergunta o jornalista.
Carlitos sussurra-lhe ao ouvido:
- A mulher que eu amo...
- Ah! Que bela história! Nossos leitores vão adorar.
Venham, venham os dois!

Diante da câmera, Geórgia e Carlitos sorriem.

FIM

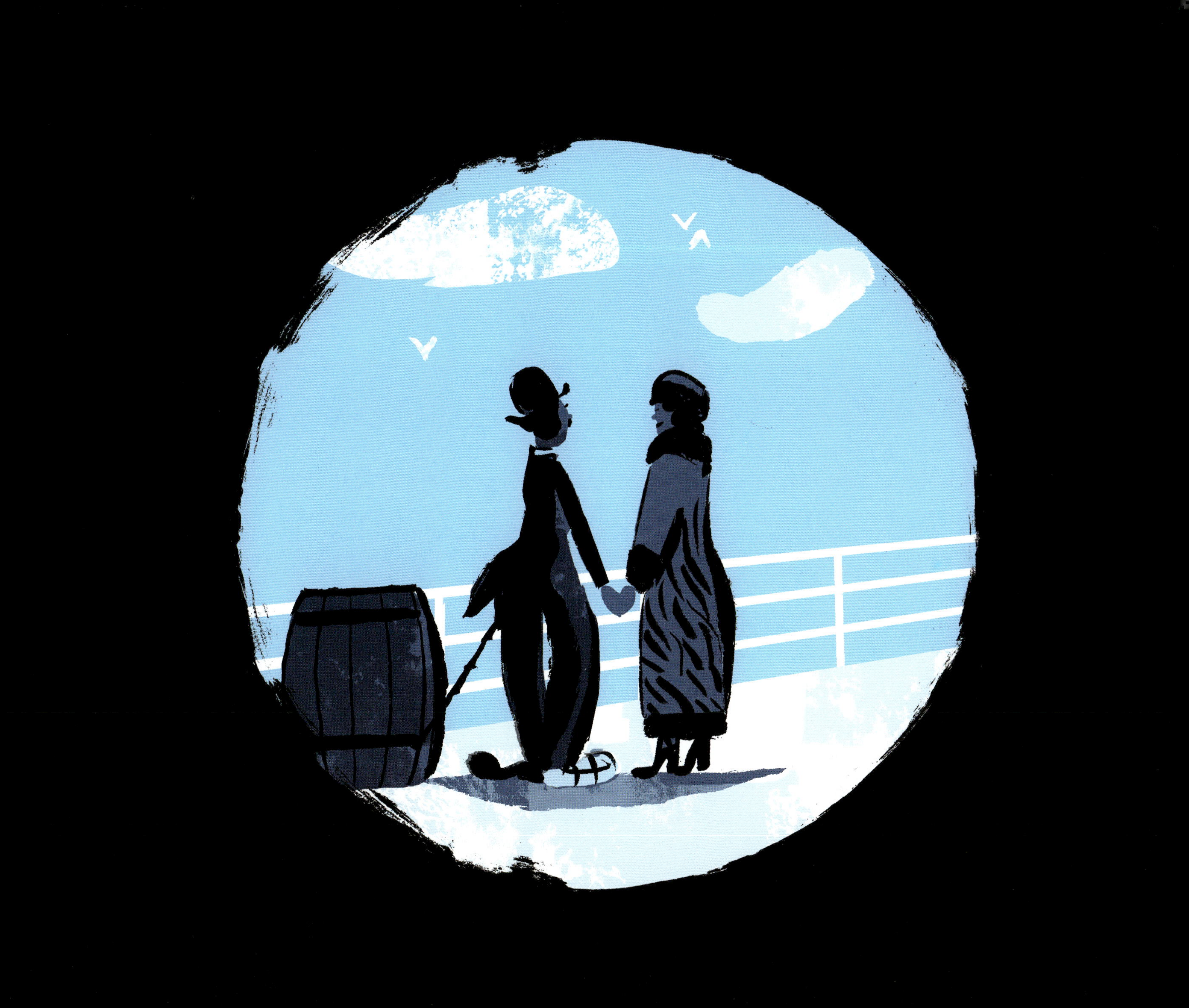

A HISTÓRIA DE UM FILME

Uma comédia com histórias verdadeiras

"O próximo filme vai ser uma epopéia! Algo de importante!", dizia Charlie Chaplin a respeito de sua primeira grande comédia. Estamos em 1923, nos Estados Unidos. O diretor, já célebre no mundo inteiro, está à procura de uma nova idéia. Um dia ficou impressionado com imagens de exploradores de ouro escalando com muita dificuldade as montanhas cobertas de neve do Alasca no final do século XIX. Leu também o relato de uma expedição malograda em que um explorador de ouro é levado, pela fome, a comer os próprios sapatos. Ele se inspira nessas histórias autênticas e decide: vai fazer um filme: *Em busca do ouro*! E vai ser uma comédia. Não é fácil provocar o riso com cenas tristes. Mas Chaplin sabe como conseguir isso.

No final do século XIX, nos Estados Unidos, aventureiros procuraram fazer fortuna buscando ouro nas montanhas do Grande Norte (aqui, na garganta do Chilkoot). Cheios de fome e de frio, muitos lá perderam a vida.

Cartaz do filme que foi lançado na França em 1925.

Procure onde está o erro! Charlie Chaplin inspirou-se em imagens da garganta do Chilkoot para o cenário de seu filme.

O FILME MAIS CARO DO CINEMA MUDO

A filmagem começou em 1924. Algumas cenas externas foram feitas nas Montanhas Rochosas, na Califórnia. Entre elas, a da longa fila de exploradores de ouro subindo a montanha. Chaplin utilizou seiscentos figurantes. Muitos eram vagabundos que vieram em troca de um pouco de dinheiro. Encomendou também toneladas de material para construir as cabanas e o cenário tal como era na época da busca do ouro. Mas filmar cenas externas custa caro. Além disso, fazia muito frio na região. Chaplin ficou doente, de cama, durante muitos dias! Decidiu então filmar o restante em seus estúdios de Hollywood. Os técnicos refizeram o cenário cheio de neve do Alasca com pedaços de madeira, arame, lona e gesso. A neve era feita com farinha e sal! O espetáculo curioso atraiu muitos visitantes. Para o principal papel feminino, Chaplin escolheu primeiro Lillita McMurray (Lita Grey), o anjinho sedutor de *O garoto*, um de seus filmes anteriores. Ele começou um caso amoroso secreto com a jovem atriz. Após seis meses de trabalho, Lita Grey engravidou! Chaplin interrompeu a filmagem durante três meses. Passou então o papel para a bela Georgia Hale. A realização de *Em busca do ouro* levou afinal um ano e meio. Foi a comédia mais cara do cinema mudo.

O urso do filme foi um autêntico grizzli, *um urso-cinzento das Montanhas Rochosas.*
(Aqui, com a atriz Lita Grey durante a filmagem.)

Chaplin usou uma maquete da cabana em miniatura para simular o balanço sobre o abismo.

Truques e efeitos especiais

Na época (há quase cem anos!), é claro que Chaplin não dispunha de computador para realizar os efeitos especiais do filme. Para transformar Carlitos em um frango bem gordinho, os operadores de câmera tiveram de filmar primeiro o ator vestido de Carlitos, depois com a indumentária de frango, tudo isso num mesmo negativo. Um truque perfeito! Quanto à cena em que a cabana balança à beira do precipício, foi filmada uma maquete em miniatura, movida por fios invisíveis. A seqüência em que Carlitos e Big Jim escorregam pelo chão da cabana foi feita num cenário de tamanho natural. A casa foi erguida a alguns metros do solo por um sistema de cordas.

TRÊS CENAS QUE SE TORNARAM CÉLEBRES

Em busca do ouro foi lançado em 1925. Fato raro: Chaplin estava plenamente satisfeito com o seu trabalho. O filme foi um grande sucesso. No fim da vida, o diretor declarou que, se fosse para guardar um de seus filmes, seria esse.

Algumas cenas marcaram a história do cinema.

A sopa de sapato

Faminto, Carlitos cozinha um dos seus sapatos imitando os gestos de um grande cozinheiro. Ele prova os cordões como se fossem espaguetes e chupa os botões como se fossem ossinhos de frango. A cena foi filmada 63 vezes! Durou três dias. Três dias em que Carlitos e Big Jim comeram... alcaçuz! A melhor coisa para imitar um sapato velho. Só que, depois da filmagem, os dois atores tiveram muita dor de barriga...

Carlitos como frango gorducho

Torturado pela fome, Big Jim enlouquece. Acha que Carlitos é um frango gordo. Tenta pegá-lo para comer. Insatisfeito com o ator escolhido para fazer o papel do frango, Chaplin resolveu fazer ele mesmo a cena. Imitador genial, só ele conseguiu tornar-se um "verdadeiro" frango!

A dança dos pãezinhos

Para distrair suas convidadas, Carlitos improvisa um espetáculo. Espeta dois garfos em dois pãezinhos e imita com perfeição os passos de uma bailarina. Em certas salas de cinema, o público aplaudiu tanto que o projecionista interrompeu a sessão, rebobinou o filme e passou a cena outra vez!

Uma nova versão sem o beijo final!

Em 1942, Chaplin decidiu relançar *Em busca do ouro*. Na época, o cinema mudo havia cedido o lugar ao cinema falado. Ele mesmo compôs a música. Substituiu as legendas por explicações dadas por ele mesmo. E decidiu também cortar a cena final, em que Carlitos beija Geórgia.

Comédia: filme que provoca o riso.
Diretor: a pessoa que conduz todas as etapas artísticas e técnicas do filme.
Figurante: pessoas que compõem as cenas.
Estúdio de cinema: lugar preparado com cenários para fazer as filmagens.
Efeitos especiais: técnicas e truques para transformar a imagem.
Projecionista: o operador que projeta os filmes na tela.

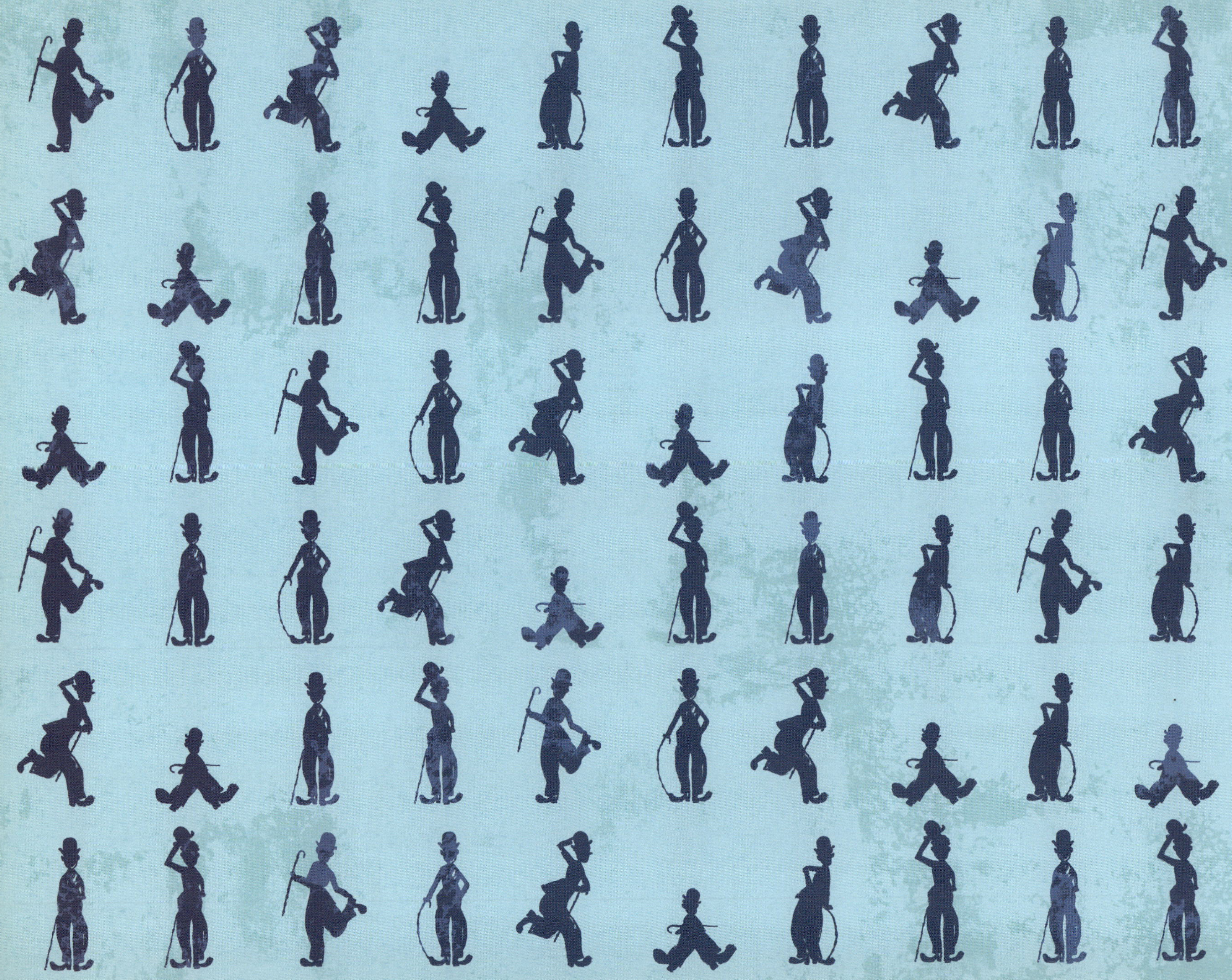